培养学习兴趣的小故事

SHÙXUÉ XIǍOGÙSHI

数学小故事

王红君 著

吉林美术出版社 | 全国百佳图书出版单位

　　亲爱的家长朋友：孩子现在是你们怀抱的宝贝，却是未来社会的主人，未来我们祖国需要各式各样人才，这就需要从小培养孩子丰富的学习兴趣与爱好，经常给他们讲各科学习故事和兴趣知识，让孩子广泛兴趣爱好与身心一起成长，让孩子赢在人生起跑线上。

　　孩子的学习兴趣是一种良好态度和情感，十分具有积极性、倾向性和选择性，它是一种无形动力。当孩子对某科学习产生兴趣时，就会非常投入，而且印象也会非常深刻。

　　因此，学习兴趣对孩子个性形成和发展以及对他们生活和活动都有巨大影响，这种影响可以使他们从小努力获取知识，并创造性去追逐他们的梦想。

　　我们的小朋友，正处在身心发育的最初阶段，大脑具有很强的塑造性，学习吸收能力特别强，从小通过印象性的学习兴趣爱好的培养，就能给他们铸

造爱好学习的身心素质。

　　为此，我们根据广大小朋友心理发育和学习吸收特点，特别编撰了这套《培养学习兴趣的小故事》，把各科丰富学习知识通过讲故事形式表现了出来，只要小朋友们随时听讲这些小故事，那么就能开启心灵之门，建立起良好的学习兴趣和爱好。

　　这些故事都通过了高度精选，很具有经典性和代表性。同时也通过了高度浓缩，使得故事短小精炼，明白晓畅，非常适宜广大小朋友阅读，也非常适合广大父母讲给孩子们听！

　　不仅如此，我们还对故事进行了注音，并配有精美图画，全套作品图文并茂、生动形象，能够激发小朋友们阅读兴趣。因此，本套作品既是广大小朋友们自主阅读的良好选择，也是广大父母给孩子讲故事的最佳读物，希望广大父母和小朋友们喜欢！

Contents
目录

多才多艺的祖冲之.............6

靠自学成才的华罗庚.......11

以学报国的苏步青...........17

十三岁神童创速算法.......21

专注于数学的陈景润.......25

金字塔的数学之谜...........30

"代数学"的由来............35

有趣的斐波拉契数列.......40

托尔斯泰的数学谜题.......46

数学史上的"马拉松"....51

最巧妙的欧拉解法...........55

著名的哥德巴赫猜想.......60

比金子珍贵的完全数 64

数与形的完美结合 69

退位让贤的数学教授 73

他是疯子还是大师 77

八岁高斯求等差数列和 82

高斯一夜解千年难题 88

童年愚笨的希尔伯特 93

用圆周率破案的数学家 98

妙答国王问题的牧童 104

童年自学几何的欧拉 110

双目失明的数学家 115

命运多舛的数学之星 120

八岁掌握微积分的神童 .. 124

<ruby>多<rt>duō</rt></ruby><ruby>才<rt>cái</rt></ruby><ruby>多<rt>duō</rt></ruby><ruby>艺<rt>yì</rt></ruby><ruby>的<rt>de</rt></ruby><ruby>祖<rt>zǔ</rt></ruby><ruby>冲<rt>chōng</rt></ruby><ruby>之<rt>zhī</rt></ruby>

<ruby>祖<rt>zǔ</rt></ruby><ruby>冲<rt>chōng</rt></ruby><ruby>之<rt>zhī</rt></ruby><ruby>是<rt>shì</rt></ruby><ruby>我<rt>wǒ</rt></ruby><ruby>国<rt>guó</rt></ruby><ruby>南<rt>nán</rt></ruby><ruby>北<rt>běi</rt></ruby><ruby>朝<rt>cháo</rt></ruby><ruby>时<rt>shí</rt></ruby><ruby>期<rt>qī</rt></ruby><ruby>著<rt>zhù</rt></ruby><ruby>名<rt>míng</rt></ruby><ruby>的<rt>de</rt></ruby><ruby>数<rt>shù</rt></ruby><ruby>学<rt>xué</rt></ruby><ruby>家<rt>jiā</rt></ruby>。<ruby>他<rt>tā</rt></ruby><ruby>出<rt>chū</rt></ruby><ruby>生<rt>shēng</rt></ruby><ruby>在<rt>zài</rt></ruby><ruby>一<rt>yí</rt></ruby><ruby>个<rt>gè</rt></ruby><ruby>几<rt>jǐ</rt></ruby><ruby>代<rt>dài</rt></ruby><ruby>人<rt>rén</rt></ruby><ruby>对<rt>duì</rt></ruby><ruby>天<rt>tiān</rt></ruby><ruby>文<rt>wén</rt></ruby>、<ruby>历<rt>lì</rt></ruby><ruby>法<rt>fǎ</rt></ruby><ruby>都<rt>dōu</rt></ruby><ruby>有<rt>yǒu</rt></ruby><ruby>研<rt>yán</rt></ruby><ruby>究<rt>jiū</rt></ruby><ruby>的<rt>de</rt></ruby><ruby>家<rt>jiā</rt></ruby><ruby>庭<rt>tíng</rt></ruby>，<ruby>所<rt>suǒ</rt></ruby><ruby>以<rt>yǐ</rt></ruby><ruby>家<rt>jiā</rt></ruby><ruby>庭<rt>tíng</rt></ruby><ruby>的<rt>de</rt></ruby><ruby>熏<rt>xūn</rt></ruby><ruby>陶<rt>táo</rt></ruby>，<ruby>让<rt>ràng</rt></ruby><ruby>他<rt>tā</rt></ruby><ruby>从<rt>cóng</rt></ruby><ruby>小<rt>xiǎo</rt></ruby><ruby>就<rt>jiù</rt></ruby><ruby>对<rt>duì</rt></ruby><ruby>数<rt>shù</rt></ruby><ruby>学<rt>xué</rt></ruby>、<ruby>机<rt>jī</rt></ruby><ruby>械<rt>xiè</rt></ruby><ruby>制<rt>zhì</rt></ruby><ruby>造<rt>zào</rt></ruby><ruby>和<rt>hé</rt></ruby><ruby>天<rt>tiān</rt></ruby><ruby>文<rt>wén</rt></ruby><ruby>学<rt>xué</rt></ruby><ruby>都<rt>dōu</rt></ruby><ruby>发<rt>fā</rt></ruby><ruby>生<rt>shēng</rt></ruby><ruby>了<rt>le</rt></ruby><ruby>浓<rt>nóng</rt></ruby><ruby>厚<rt>hòu</rt></ruby><ruby>的<rt>de</rt></ruby><ruby>兴<rt>xìng</rt></ruby><ruby>趣<rt>qù</rt></ruby>。

　　祖冲之小时候并不是特别出众，但是他学习非常刻苦，认真研读各种科学著作，并且敢于怀疑前人，提出自己的见解。

　　祖冲之在历史上最有名的，是他对圆周率的研究。圆周率，就是圆的周长和直径的比。早在3500年前，古代巴比伦人就已经算出圆周率的值是3；而在2000多年前我国的数学书里，也把圆周率定为3。三国时候的数学家刘徽，用他自己发现的方法，把圆周率算到了小数点后两位，就是3.14。

ér zǔ chōng zhī jué de liú huī de suàn fǎ hěn hǎo   jiù jì
而祖冲之觉得刘徽的算法很好，就继

xù yòng zhè zhǒng suàn fǎ yán jiū   tuī suàn chū yuán zhōu lǜ de zhí zài
续用这种算法研究，推算出圆周率的值在

hé   zhī jiān   dá dào le   wèi yǒu
3.1415926和3.1415927之间，达到了8位有

xiào shù zì   tā hái yòng fēn shù de fāng fǎ biǎo dá chū yuán zhōu lǜ
效数字。他还用分数的方法表达出圆周率，

jí
即355／113。

zhè ge jié guǒ zài dāng shí shì shì jiè shang zuì wéi jīng què de
这个结果在当时是世界上最为精确的

yuán zhōu lù shù zhí   zhí dào   duō nián hòu   wài guó shù xué jiā
圆周率数值。直到1000多年后，外国数学家

cái qiú chū le gèng jīng què de yuán zhōu lù
才求出了更精确的圆周率。

zài qí tā lǐng yù   zǔ chōng zhī yě qǔ dé le hěn dà de
在其他领域，祖冲之也取得了很大的

chéng jiù   zài tiān wén xué fāng miàn   tā céng jīng lián xù   nián   zài
成就。在天文学方面，他曾经连续10年，在

měi tiān zhèng wǔ de shí hou   jì lù tóng biǎo shàng de rì yǐng   gēn
每天正午的时候，记录铜表上的日影，根

jù guān chá jié guǒ   zhì chéng liǎo dàng shí zuì kē xué de lì fǎ   tài
据观察结果，制成了当时最科学的历法《太

yáng lì   tā de cè suàn jié guǒ   hé xiàn dài tiān wén xué de cè
阳历》，他的测算结果，和现代天文学的测

suàn jié guǒ xiāng bǐ zhǐ chà le   miǎo
算结果相比只差了50秒。

zài jī xiè zhì zào fāng miàn   zǔ chōng zhī zhì zào guò yì zhǒng
在机械制造方面，祖冲之制造过一种

xīn xíng zhǐ nán chē   fāng xiàng shǐ zhōng zhèng què   tā hái zhì zào guò
新型指南车，方向始终正确；他还制造过

qiān lǐ chuán   gǎi gé liǎo dàng shí jì shí yòng de   lòu kè
"千里船"，改革了当时计时用的"漏刻"

和运输车辆等等。他还精通音乐，并写过小
说，是历史上少有的博学的人物。

　　为纪念这位伟大的古代科学家，人们
将月球背面的一座环形山命名为"祖冲之
环形山"，将小行星1888命名为"祖冲之
小行星"，这也是我们国家的骄傲。

靠自学成才的华罗庚

在我国，有一位家喻户晓的数学家，他就是华罗庚。一提到他的名字，人们就会想到"自学成才"和"聪明"这些词汇。

华罗庚小时候家境十分困难，为了生活，只有14岁的他便在父亲经营的小杂货铺里当伙

计。而他的中学老师很欣赏他的数学才华，

鼓励他继续自学数学。19岁那年，华罗庚突然

染上伤寒，此后在腿部留下了残疾。

但华罗庚并没有因此悲观、气馁，而

是顽强地发奋自学。

有一次，华罗庚发现了一个

著名教授的一篇论文中有错误。

于是他把自己的看法和计算结

果写成文章，投寄给上海

《科学》杂志社。

1930年，这

篇文章在《科学》杂志上发表了，

zhè shí huá luó gēng zhǐ yǒu   suì   jiù shì zhè piān lùn wén   wán quán
这时华罗庚只有20岁。就是这篇论文，完全

gǎi biàn le huá luó gēng yǐ hòu de shēng huó dào lù
改变了华罗庚以后的生活道路。

dāng shí zhèng zài qīng huá dà xué dān rèn shù xué xì zhǔ rèn de
当时正在清华大学担任数学系主任的

xióng qìng lái   kàn dào le zhè piān lùn wén hòu   dào chù dǎ ting huá luó
熊庆来，看到了这篇论文后，到处打听华罗

gēng   wèn tā shì nǎ ge dà xué de jiào shòu   pèng qiǎo shù xué xì yǒu
庚，问他是哪个大学的教授。碰巧数学系有

wèi jiào yuán zhī dào huá luó gēng zhè ge rén   tā gào su xióng qìng lái
位教员知道华罗庚这个人。他告诉熊庆来，

shuō huá luó gēng bìng bú shì shén me dà
说华罗庚并不是什么大

xué jiào shòu   ér zhǐ shì yí gè
学教授，而只是一个

zì xué qīng nián   xióng qìng lái ài cái
自学青年。熊庆来爱才

xīn qiè   bìng bú zài hu xué lì   dāng
心切，并不在乎学历，当

jí tuō rén yāo qǐng huá luó gēng lái qīng
即托人邀请华罗庚来清

huá dà xué gōng zuò
华大学工作。

1931年，清华大学的工作人员拿着华罗庚寄来的照片，到北京前门火车站去接从浙江来的华罗庚。华罗庚，这位未来的大数学家，当时是拖着残腿、挂着拐杖走进了清华园。起初，他在数学系当助理员，收发信函兼打字，并保管图书资料。华罗庚一边工作，一边自学。熊庆来还经常让他跟学生一道去教室听课。勤奋好学的华罗庚只用了一年时间，

jiù bǎ dà xué shù xué xì de quán bù kè chéng xué wán liǎo xióng qìng lái
就把大学数学系的全部课程学完了。熊庆来

duì zhè wèi nián qīng rén shí fēn qì zhòng
对这位年轻人十分器重。

liǎng nián hòu huá luó gēng bèi pò gé tí shēng wéi zhù jiào
两年后，华罗庚被破格提升为助教，

jì ér shēng wéi jiǎng shī hòu lái xióng qìng lái yòu xuǎn sòng tā qù
继而升为讲师。后来，熊庆来又选送他去

yīng guó jiàn qiáo shēn zào
英国剑桥深造。

nián　　huá luó gēng huí guó　　rèn xī nán lián dà jiào
1938年，华罗庚回国，任西南联大教

shòu　　dāng shí tā cái　　suì
授，当时他才28岁。

hòu lái　　huá luó gēng chéng wéi shì jiè zhù míng
后来，华罗庚成为世界著名

de shù xué jiā　　tā zài hěn duō lǐng yù dōu zuò
的数学家，他在很多领域都作

chū le zhuó yuè de gòng xiàn　　tā de míng zì bèi
出了卓越的贡献。他的名字被

liè wéi dāng jīn de
列为当今的

shù xué wěi rén
数学伟人

zhī yī
之一。

以学报国的苏步青

1902年9月，苏步青出生在浙江省平阳县的一个山村里。虽然家境清贫，但他的父母依然省吃俭用供他上学。他在读初中时，对数学并不感兴趣。可是，后来的一堂数学课影响了他一生的道路。

在苏步青上初三时，他就读的浙江省六十中来

了一位刚从东京留学归来的杨老师教授数学课。杨老师第一堂课没有讲数学，而是讲故事讲道理纵论天下事。

杨老师说："当今世界，弱肉强食，世界列强依仗船坚炮利，妄想瓜分中国。中华的生死存亡迫在眉睫，振兴科学，发展实业，救亡图存，在此一举。'天下兴亡，匹夫有责'，在座的每一位同学都有责任。"苏步青一生不知听过多少堂课，但这一堂课使他终生难忘。

1919年苏步青中学毕业后赴日本留学。1927年毕业于日本东京帝国大学数学

系，后入该校研究生院，1931年毕业获理学博士学位。1931年3月应著名数学家陈建功之约，载着日本东京帝国大学的理学博士荣誉回国，受聘于国立浙江大学，先后任数学系副教授、系主任、训导长和教务长。

后来，苏步青成了我国著名的数学

jiā   tā yǔ chén jiàn gōng yì qǐ chuàng lì le   wēi fēn jǐ hé xué
家，他与陈建功一起创立了"微分几何学

pài   bèi guó jì shù xué jiè chēng wéi   dōng fāng guó dù shàng shēng
派"，被国际数学界称为"东方国度上升

qǐ de shù xué míng xīng   tā bǎ bì shēng de jīng lì dōu gòng xiàn gěi
起的数学明星"。他把毕生的精力都贡献给

shù xué shì yè   fā biǎo le   duō piān xué shù lùn wén   hái xiě
数学事业，发表了100多篇学术论文，还写

guò hǎo jǐ běn shù xué zhuān zhù ne
过好几本数学专著呢！

十三岁神童创速算法

史丰收从小就被誉为"速算神童"，少年时代就开始钻研速算法。小学一年级的时候，他很快就被神秘的数字迷住了，老师讲加减法时，他觉得这种方法又笨又慢，"能不能有更简单的算法呢？"

从此，史丰收像着了迷一样，每时每刻都在运算，屋里屋外到处都写

mǎn le tí mù　lián mā ma gěi tā zuò de xīn yī fu dōu bèi tā dàng
满了题目，连妈妈给他做的新衣服都被他当

chéng le cǎo gǎo zhǐ
成了草稿纸。

nián　　　suì de shǐ fēng shōu zhèng shì tí chū sù suàn
1967年，11岁的史丰收正式提出速算

fǎ de kè tí　mǔ qīn de qī wàng wú shí kè bù jī lì zhe tā
法的课题。母亲的期望无时刻不激励着他

shù lì wèi guó zhēng guāng　kè kǔ zuān yán hé lì zhì chéng cái de lǐ
树立为国争光、刻苦钻研和立志成才的理

xiǎng　tā zài jiā li mái tóu zuān yán sù suàn fǎ　yǒu xiàn de liàn xí
想。他在家里埋头钻研速算法，有限的练习

zhǐ yòng wán liǎo　yóu yú jiā tíng
纸用完了，由于家庭

pín kùn mǎi bu qǐ zhǐ hé
贫困买不起纸和

bǐ　tā biàn zài qiáng bì
笔，他便在墙壁

上练，用木棒在地上坚持练，甚至在被单

上、自己身上、手背上都写满数字，被别

人误认为"疯子"。

功不负苦心人，史丰收终于在1970年

成功发明了速算法，而这一年史丰收才13

岁。也正是在这一年，中

国科技大学破格录取他为大

学生。

后来，史丰收 成为我国著名的数学整算法改革家。他的整算方法运算简便，只要掌握了这种运算方法，小学二年级的学生也能在三四秒的时间里就完成两个8位数相乘，计算速度比世界最著名的速算家还快3倍呢！

专注于数学的陈景润

陈景润小时候在所有的学科中，他对数学最感兴趣。只要遨游在代数、几何、三角的解题过程中，他就能够忘却所有的烦恼。他平时少言寡语，但他自己说："只要谈论数学，我就会滔滔不绝，不再沉默寡言了。"

在一个初春的中午，最后一节课的下

课铃声响了，同学们都拥挤
着走出教室回家吃饭。陈景润却不紧
不慢地走在最后。他从书包里拿出来一本刚
从老师那儿借来的参考书，边走边看。

陈景润的眼睛紧紧盯在书本上，一刻
也舍不得离开，书上的内容紧紧地吸引着
他，他什么也顾不上想了。他那神态就像

一个饥饿的人扑到面包上一样。就这样，由于他的注意力非常集中，竟然撞到了一棵树上。只听见"哎哟"一声，他还以为撞到别人了呢，连忙道歉，抬头仔细一看，才发现原来是棵树。

抗日战争爆发初期，陈景润刚刚升入初中。很多大学也从沦陷区迁到这偏僻的山区来了。

大学的教授和讲师也来初中教课，其中有一位数学老师，使陈景润的人生之路发生了根本的改变。他就是曾经任清华大学航空系主任的沈元老师。这位航空界的泰

dòu　　yǐ　tā yuān bó jīng shēn de xué shí　　huì rén bú juàn de jīng shen

斗，以他渊博精深的学识、诲人不倦的精神

shēn shēn de　yǐng xiǎng zhe nián shào de chén jǐng rùn

深深地影响着年少的陈景润。

　　　　　yǒu yí cì　　　shěn yuán lǎo shī xiàng xué sheng jiǎng le　gè shù xué

　　有一次，沈元老师向学生讲了个数学

nán tí　　jiào　　gē dé bā hè cāi xiǎng　　　tóng xué men dōu hěn gǎn

难题，叫"哥德巴赫猜想"，同学们都很感

兴趣，教室里像炸开了锅似的，学生们叽叽喳喳地议论起来了。他最后又说了一句话："自然科学的皇后是数学，数学的皇冠是数论，而哥德巴赫猜想则是皇冠上的一颗明珠！"

陈景润听了这句话，不禁为之一震，心想："'哥德巴赫猜想'、'数学皇冠上的明珠'，我能摘下这颗明珠吗？"从此，他更加热爱数学了。

金字塔的数学之谜

闻名世界的埃及金字塔，几百年来不仅以它宏伟高大的气势吸引了无数旅游观光者，而且还由于它别致的设计和精巧的建筑风格吸引了世界各地的科学家。

gēn jù duì zuì dà de hú fū jīn zì tǎ de cè suàn rén
根据对最大的胡夫金字塔的测算，人

men dé zhī tā yuán lái de gāo dù wéi   mǐ   jī dǐ zhèng fāng
们得知它原来的高度为146.5米，基底正方

xíng měi biān cháng   mǐ   bú guò yīn sǔn huài   tā xiàn zài de gāo
形每边长233米，不过因损坏，它现在的高

dù shì   mǐ   biān cháng wéi   mǐ
度是137米，边长为227米。

dàn shì   zhè me dà de jīn zì tǎ   tā gè dǐ biān cháng
但是，这么大的金字塔，它各底边长

dù de wù chā jǐn jǐn shì   lí mǐ   cǐ wài   jīn zì tǎ de
度的误差仅仅是1.6厘米。此外，金字塔的

gè miàn zhèng xiàng zhe dōng nán xī běi   tā dǐ miàn zhèng fāng xíng liǎng
4个面正向着东南西北，它底面正方形两

边与正北的偏差，也分别只有2′30″和5′30″。

这么高大的金字塔，其建造精度如此之高，这使得科学家深信，古埃及人已掌握了丰富的数学知识。当科学家破译了古埃及人流传下来草片上的文字后，这一猜想最终得到了证实。

原来，在尼罗河三角洲盛产一种形状如芦苇的水生植物就是纸莎草，古埃及人把这种草从纵面剖成小条，拼排整齐，连接成片，压榨晒干后就用来写字，在纸莎草上写的字，就叫"纸草书"。如今科学家已将这种纸草书的一部分整理出来。

1822年，一位法国人弄清了它们的含义。由此人

们知道古埃及人已经掌握了加减乘除和分数的运算，还知道他们解决了一元一次方程和相当于二元二次方程组的特殊问题。

纸草书上还有关于等差数列和等比数列的问题。他们计算矩形、三角形和梯形的面积，长方体、圆柱体和棱台的体积的结果，与现代人的计算值非常相近。更令人惊奇的是，他们用相当于 π 值为3.1605来计算圆面积，这是非常了不起的。

由于具有这样的数学知识，古埃及人建成误差很小的金字塔就不足为奇了。

"代数学"的由来

我们中小学数学课本中用字母表示数及方程的内容都属于代数学的范畴。"代数学"一词来自拉丁文"algebra",而拉丁文又是从阿拉伯文来翻译过来的。

825年前后,阿拉伯数学家阿勒·花拉子模写了一本书,

míng　dài shù xué　huò　fāng chéng de kē xué
名《代数学》或《方程的科学》。

ā lè　huā lā zǐ mó de　dài shù xué　yì shū
　　阿勒·花拉子模的《代数学》一书，

diàn dìng le　yǐ fāng chéng lùn wéi zhōng xīn de gǔ diǎn dài shù xué xué kē
奠定了以方程论为中心的古典代数学学科

de jī shí
的基石。

zhè běn shū de lǐ lùn
这本书的理论

yì xué yì dǒng　　yòu néng lián
易学易懂，又能联

xì xǔ duō shí jì wèn tí
系许多实际问题，

适合当时人们的各种需要，因此，流传久远。13世纪传入欧洲，对欧洲文艺复兴时期的代数学影响极大，被奉为代数学教科书的鼻祖。而花拉子模则被人们尊为"代数学之父"。

这本书的阿拉伯文版本已经失传，但12世纪的一册拉丁文译本却流传至今。这个译本把"代数学"译成拉丁语"Algebra"，

bìng bǎ tā zuò wéi yì mén xué kē　　hòu lái yīng yǔ zhōng yě yòng
并把它作为一门学科。后来英语中也用

"Algebra"。

zài wǒ guó　　　 dài shù xué　　 zhè ge míng chēng shì
在我国，"代数学"这个名称是1859

nián cái zhèng shì shǐ yòng de
年才正式使用的。

zhè yì nián　　 wǒ guó qīng dài shù xué jiā lǐ shàn lán hé
这一年，我国清代数学家李善兰和

yīng guó rén wěi liè yà lì hé zuò fān yì yīng guó shù xué jiā dì
英国人伟烈亚力合作翻译英国数学家棣

me gān suǒ zhù de
么甘所著的《Elements of

zhèng shì dìng míng wéi
Algebra》，正式定名为

dài shù xué
《代数学》。

hòu lái qīng dài xué zhě huá héng fāng hé
后来清代学者华蘅芳和

yīng guó rén fù lán yǎ hé yì yīng guó xué zhě wǎ
英国人傅兰雅合译英国学者瓦

lǐ sī de dài shù shù qí juǎn shǒu
里斯的《代数术》，其卷首

yǒu dài shù zhī fǎ wú lùn hé shù jiē kě yǐ rèn hé jì
有："代数之法，无论何数，皆可以任何记

hao dài zhī zhè shuō míng suǒ wèi dài shù jiù shì yòng fú hào lái
号代之。"这说明，所谓代数就是用符号来

dài biǎo shù zì de yì zhǒng fāng fǎ
代表数字的一种方法。

有趣的斐波拉契数列

13世纪初，欧洲最好的数学家斐波拉契写了一本叫做《算盘书》的著作，它是当时欧洲最好的数学书。

《算盘书》书中有许多有趣的数学题，其中最有趣的当属下面这个题目：

"如果一对兔子每月能生产1对小兔子，而每对小兔在它出生后的第3个月里，又能开始生1对小兔子，假定在不发生死亡的情况下，由1对初生的兔子开始，1年后能繁殖成多少对兔子？"

tuī suàn yí xià tù zi de duì shù shì hěn yǒu yì si de
推算一下兔子的对数是很有意思的。

wèi le xù shù de fāng biàn　　wǒ men jiǎ shè zuì chū de yí duì tù zi
为了叙述的方便，我们假设最初的一对兔子

chū shēng zài tóu yì nián de　yuè fèn　xiǎn rán　　yuè fèn lǐ zhǐ
出生在头一年的12月份。显然，1月份里只

yǒu dui tù zi　　dào yuè fèn shí　zhè dui tù zi shēng le　　dui
有1对兔子；到2月份时，这对兔子生了1对

xiǎo tù　zǒng gòng yǒu　dui tù zi
小兔，总共有2对兔子。

zài　yuè fèn lǐ　zhè dui tù zi yòu shēng le　dui xiǎo
在3月份里，这对兔子又生了1对小

tù　zǒng gòng yǒu　dui xiǎo tù zi　dào yuè fèn shí　yuè
兔，总共有3对小兔子；到4月份时，2月

fèn chū shēng de tù zi kāi shǐ shēng xiǎo tù le　zhè ge yuè gòng chū
份出生的兔子开始生小兔了，这个月共出

shēng le　dui xiǎo tù　suǒ yǐ gòng yǒu　dui tù zi　zài　yuè fèn
生了2对小兔，所以共有5对兔子；在5月份

lǐ　bù jǐn zuì chū de nà dui tù zi hé　yuè fèn chū shēng de tù
里，不仅最初的那对兔子和2月份出生的兔

zi gè shēng le　dui xiǎo tù　yuè fèn chū shēng de tù zi yě shēng
子各生了1对小兔，3月份出生的兔子也生

le　dui xiǎo tù　zǒng gòng chū shēng le　dui tù zi　suǒ yǐ gòng
了1对小兔，总共出生了3对兔子，所以共

yǒu duì tù zi
有8对兔子……

zhào zhè yàng jì xù tuī suàn xia qu　　dāng rán néng gòu suàn chū
照这样继续推算下去，当然能够算出

tí mù dì dá àn
题目的答案。

bú guò fěi bō lā qì
不过，斐波拉契

duì zhè zhǒng fāng fǎ hěn bù
对这种方法很不

mǎn yì yīn wèi tā shāo
满意，因为它稍

yì bú shèn jiù huì chū xiàn chā
一不慎就会出现差

cuò yú shì tā yòu shēn rù
错。于是他又深入

tàn suǒ le tí zhōng de shù liàng
探索了题中的数量

guān xi tā bǎ tuī suàn dé dào de
关系，它把推算得到的

tóu jǐ gè shù bǎi chéng yí chuàn
头几个数摆成一串。

zhè chuàn shù lǐ yǐn hán
1、1、2、3、5、8……这串数里隐含

zhe yí gè guī lǜ cóng dì sān gè shù qǐ hòu miàn de měi gè shù
着一个规律，从第三个数起，后面的每个数

dōu shì tā qián mian nà liǎng shù de hé ér gēn jù zhè ge guī lǜ
都是它前面那两数的和。而根据这个规律，

zhǐ yào zuò yì xiē jiǎn dān de jiā fǎ jiù néng tuī suàn chū yǐ hòu gè
只要作一些简单的加法，就能推算出以后各

个月兔子的数目了。

这样，要知道1年后兔子的对数是多

少，也就是看这串数的第十三个数是多少。

由5+8=13，······55+89=144，89+144=233，

题目的答案是233对。

按照这个规律推算出来的数，构成了

数学史上一个有名的数列。大家都叫它"斐

波拉契数列"。

"斐波拉契数列"有许多奇特的性

质，例如，从第三个数起，每个数与它后面

那个数的比值，都很接近0.618，这正好和

大名鼎鼎的"黄金分割律"相吻合。

托尔斯泰的数学谜题

19世纪，俄国有位大文豪叫列夫·托尔斯泰。他的作品对欧洲和世界文学都产生过巨大影响。　这位大文豪其实也是一个有名的"数学迷"呢！每当创作余暇，他只要见到了有趣的数学题目，就会丢下其他事

qíng chén miǎn yú shù xué yǎn suàn zhī zhōng tā hái dòng
情，沉湎于数学演算之中。他还动

shǒu biān le xǔ duō shù xué tí tā men dōu hěn yǒu
手编了许多数学题，它们都很有

qù ér qiě hái fù yú sī kǎo xìng lì rú
趣而且还富于思考性，例如：

yì xiē gē cǎo rén zài liǎng kuài cǎo dì
一些割草人在两块草地

shang gē cǎo dà cǎo dì de miàn jī bǐ xiǎo
上割草，大草地的面积比小

cǎo dì dà bèi shàng wǔ
草地大1倍。上午，

quán tǐ gē cǎo rén dōu zài dà cǎo
全体割草人都在大草

dì shang gē cǎo xià wǔ tā men duì bàn fēn kāi yí bàn rén liú zài
地上割草。下午他们对半分开，一半人留在

dà cǎo dì shang dào bàng wǎn shí bǎ shèng xià de cǎo gē wán lìng
大草地上，到傍晚时把剩下的草割完；另

yí bàn rén dào xiǎo cǎo dì shang qù gē cǎo dào bàng wǎn hái shèng xià
一半人到小草地上去割草，到傍晚还剩下

yì xiǎo kuài méi gē wán zhè yì xiǎo kuài dì shang de cǎo dì èr tiān yóu
一小块没割完。这一小块地上的草第二天由

yí gè gē cǎo rén gē wán jiǎ dìng měi bàn tiān de láo dòng shí jiān xiāng
一个割草人割完。假定每半天的劳动时间相

děng　　měi gè gē cǎo rén de gōng zuò xiào lǜ　yě xiāng děng　　wèn gòng
等，每个割草人的工作效率也相等。问共

yǒu duō shǎo gē cǎo rén
有多少割草人？"

zhè shì tuō ěr sī tài zuì wéi xīn shǎng de　yí dào shù xué
这是托尔斯泰最为欣赏的一道数学

tí　　shì kàn tā de fēn xī
题，试看他的分析：

zài dà cǎo dì shang　　yīn wèi quán tǐ rén gē le　yí shàng
在大草地上，因为全体人割了一上

wǔ　　yí bàn de rén yòu gē le　yí xià wǔ cái jiāng cǎo gē wán　　suǒ
午，一半的人又割了一下午才将草割完。所

yǐ　　rú guǒ bǎ dà cǎo dì de miàn jī kàn zuò shì　　　　nà me
以，如果把大草地的面积看做是1，那么，

yí bàn de rén zài bàn tiān shí jiān lǐ de gē cǎo
一半的人在半天时间里的割草

miàn jī jiù shì
面积就是1/3。

数学小故事
shuxue xiaogushi

在小草地上，另一半人曾工作了一个
下午。由于每人的工效相等，这样，他们
在这半天时间里的割草面积也是1/3。由此
可以算出第一天割草总面积为4/3。

剩下的面积是多少呢？由大草地的面
积比小草地大1倍，可知小草地的总面积是
1/2。因为第一在下午已割了1/3，所以还剩
下1/6。它在第二天由1个人割完，说明每
个割草人每天割

cǎo miàn jī shì
草面积是1/6。

jiāng dì yī tiān gē cǎo zǒng miàn jī chú yǐ dì yī tiān měi
将第一天割草总面积除以第一天每

rén gē cǎo miàn jī   jiù shì cān jiā gē cǎo de zǒng rén shù
人割草面积，就是参加割草的总人数。

rén
4/3÷1/6=8（人）

hòu lái   tuō ěr sī tài yòu fā xiàn kě yǐ yòng tú jiě fǎ
后来，托尔斯泰又发现可以用图解法

lái jiě dá zhè ge tí mù   tā duì zhè zhǒng jiě fǎ tè bié mǎn yì
来解答这个题目，他对这种解法特别满意。

yīn wèi tā bù xū yào zuò gèng duō de jiě shì   zhǐ yào néng huà chū zhè
因为它不需要作更多的解释，只要能画出这

ge tú xíng   tí mù dì dá àn yě jiù hū zhī jí chū le
个图形，题目的答案也就呼之即出了。

数学史上的"马拉松"

有一个关于圆周率的歌谣盛行于古代："山巅一寺一壶酒，尔乐苦煞吾，把酒吃，酒杀尔，杀不死，乐而乐。"

圆周率是圆的周长与直径之比，它表示的是一个常数，符号是希腊字母"π"。人们为了计算圆周率，公元前便开始对它进行计算。魏晋时期刘徽曾于

263年用割圆术的方法求到3.14，这被称为

"徽率"。

在460年，我国古代的数学家祖冲之应

用刘徽的割圆术算得圆周率为3.1415926。

祖冲之所求的 π 值还保持了1000多年的世界

纪录呢！

1596年，荷兰数学家鲁道夫经过长期

的努力和探索，把 π 值推算到了小数后的

15位，它打破了祖冲之长达1000多年的纪

录，后来他本人又把这个数推进到35位。

18世纪初，圆周率计算到72位。到19

世纪时，圆周率又分别求到140位、200位和

500位。1873年，威廉·欣克用了几十年时间，终于将 π 值算到707位。

1946年，世界上第一台电子计算机在美国问世，科学家在计算机上工作了70个小时，算出的圆周率达到2035位。1955年算出的圆周率达到10017位，1962年达到10

万，1973年达到100万位，1981年日本数学家把它推算到200万位。1990年美国数学家最终将 π 值推到新的顶点4.8亿位。

人们经过长时间艰苦的计算，所求得的 π 值也只是个近似值，这是一个永不循环的数学计算，也被人们称为数学史上的"马拉松"。

最巧妙的欧拉解法

大数学家欧拉很重视数学的教育。他经常亲自到中学去讲授数学知识，也为学生编写数学课本。尤其感人的是，1770年，年迈的欧拉双目都已失明了，仍然念念不忘给学生编写《关于代数学的全面指南》。这本著作出版以后，很快就被译成多种外国文字流传开来，直到20世纪，有

xiē xué xiào réng rán yòng tā zuò jī běn jiào cái
些学校仍然用它作基本教材。

wèi le gǎo hǎo shù xué pǔ jí jiào yù　　ōu lā qián xīn yán
为了搞好数学普及教育，欧拉潜心研

jiū le xǔ duō chū děng shù xué wen tí　　hái biān le bù shǎo yǒu qù de
究了许多初等数学问题，还编了不少有趣的

shù xué tí ne　　yě xǔ yīn wèi ōu lā shì lì shǐ shàng zuì wěi dà de
数学题呢！也许因为欧拉是历史上最伟大的

shù xué jiā zhī yī　　zhè xiē tí mù liú chuán tè bié guǎng　　lì rú
数学家之一，这些题目流传特别广。例如，

zài gè gè guó jiā de shù xué kè wài shū jí lǐ　　dōu néng jiàn dào xià
在各个国家的数学课外书籍里，都能见到下

mian zhè dào jiào zuò　　ōu lā wèn tí　　de shù xué tí
面这道叫做"欧拉问题"的数学题。

liǎng gè nóng fù gòng dài le　　zhī jī dàn qù jí shì shang
两个农妇共带了100只鸡蛋去集市上

chū shòu　　liǎng rén de jī dàn shù mù bù yí yàng　　zhuàn de qián què yí
出售。两人的鸡蛋数目不一样，赚的钱却一

yàng duō　　dì yī gè nóng fù duì dì èr gè nóng fù shuō　　　　rú
样多。第一个农妇对第二个农妇说："如

guǒ wǒ yǒu nǐ nà me duō de jī dàn　　wǒ jiù néng zhuàn　　méi tóng
果我有你那么多的鸡蛋，我就能赚15枚铜

币。"第二个农妇回答说:"如果我有你那么多的鸡蛋,我就只能赚6枚铜币。"

问两个农妇各带了多少只鸡蛋?下面是欧拉提供的一种解法。

假设第二个农妇的鸡蛋数目是第一个农妇的m倍。因为最后两人赚得

de qián yí yàng duō suǒ yǐ dì yī gè nóng fù chū shòu jī dàn de
的钱一样多。所以，第一个农妇出售鸡蛋的

jià gé bì xū shì dì èr gè nóng fù de bèi
价格必须是第二个农妇的m倍。

rú guǒ zài chū shòu zhī qián liǎng gè nóng fù yǐ jiāng suǒ dài
如果在出售之前，两个农妇已将所带

de jī dàn hù huàn nà me dì yī gè nóng fù dài de jī dàn shù
的鸡蛋互换，那么，第一个农妇带的鸡蛋数

mù hé chū shòu jī dàn de jià gé dōu jiāng shì dì èr
目和出售鸡蛋的价格，都将是第二

gè nóng fù de bèi yě jiù shì shuō tā zhuàn de
个农妇的m倍。也就是说，她赚得

de qián shù jiāng shì dì èr gè nóng fù
的钱数将是第二个农妇

de bèi
的m^{2}倍。

yú shì yǒu
于是有 $m^2 = 15 : 6$ 。

shě qù xiǎo shù diǎn hòu miàn de shù zhí hòu de
舍去小数点后面的数值后得 $m = 3/2$，

jí liǎng rén suǒ dài jī dàn shù mù zhī bǐ wéi
即两人所带鸡蛋数目之比为 $3 : 2$。

zhè yàng yóu yú jī dàn zǒng shù shì jiù bù nán suàn
这样，由于鸡蛋总数是100，就不难算

chū tí mù dì dá àn le
出题目的答案了。

xiǎng chū zhè zhǒng qiǎo miào de jiě fǎ
想出这种巧妙的解法

shì hěn bù róng yì de lián yí guàn
是很不容易的，连一贯

jǐn shèn de ōu lā yě rěn bu zhù
谨慎的欧拉也忍不住

chēng zàn zì jǐ de jiě fǎ shì zuì qiǎo miào
称赞自己的解法是"最巧妙

de jiě fǎ
的解法"。

著名的哥德巴赫猜想

大约在250年前，德国数学家哥德巴赫发现了这样一个现象：任何大于5的整数都可以表示为3个质数的和。他验证了许多数字，这个结论都是正确的。但他却找不到任何方法从理论上彻底证明它，于是他写信向当时在柏林科学院工作的著名数学家欧拉请教。

欧拉认真思考了这个问题。

tā shǒu xiān zhú gè hé duì le yì zhāng cháng cháng de shù zì biǎo
他首先逐个核对了一张 长 长 的数字表：

$6=2+2+2=3+3$

$8=2+3+3=3+5$

$9=3+3+3=2+7$

$10=2+3+5=5+5$

$11=5+3+3$

$12=5+5+2=5+7$

$99=89+7+3$

$100=11+17+71=97+3$

$101=97+2+2$

$102=97+2+3=97+5$

......

这张表可以无限延长，而每一次延长都使欧拉对肯定哥德巴赫的猜想增加了信心。而且他发现证明这个问题实际上应该分成两部分。即证明所有大于2的偶数总能写成2个质数之和，所有大于7的奇数总能

xiě chéng gè zhì shù zhī hé
写成3个质数之和。

dāng tā zuì zhōng jiān xìn zhè yì jié lùn shì zhēn lǐ de shí
当他最终坚信这一结论是真理的时

hou jiù zài yuè rì fù xìn gěi gē dé bā hè xìn zhōng
候，就在6月30日复信给哥德巴赫。信中

shuō rèn hé dà yú de ǒu shù dōu shì liǎng gè zhì shù de
说："任何大于2的偶数都是两个质数的

hé suī rán wǒ hái bù néng zhèng míng tā dàn wǒ què xìn wú yí
和，虽然我还不能证明它，但我确信无疑

zhè shì wán quán zhèng què de dìng lǐ
这是完全正确的定理"。

比金子珍贵的完全数

这天，聪聪和笨笨写完作业后，贾伯伯又开始给他们讲数学的故事。

"今天我们讲的是'完全数'……"

"完全数？数还有不完全的？那不完全的数是不是就是一半的呢？"笨笨问。

"当然不是啦，哪有这么简单的！"

不等贾伯伯开口，聪聪就抢先说。

"哦，那你说，什么是完全数呢？"

贾伯伯问聪聪。

"嗯……就是……就是……就是整个的数吧？"聪聪试探着说。

"当然也不是啦！"贾伯伯说。

聪聪不好意思地低下头。

贾伯伯继续向他们讲着"完全数"的概念："那么，什么是'完全数'呢？就是说，如果一个自然数正好等于除去它本身以外所有的因数之和，这个自然数就叫'完全数'。"

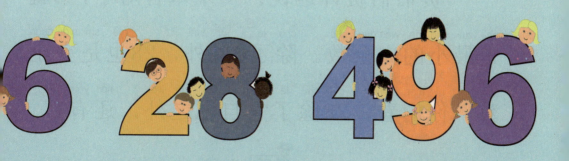

贾伯伯又问:"那你们说,什么数符合这样的要求呢?"

聪聪和笨笨想了想,笨笨先迟疑地说:"6……是吧!"

贾伯伯说:"你怎么知道6是呢?"

笨笨大着胆子说:"因为6除了它自己,还有1、2、3三个因数,而'1+2+3',正好就是6,就像您刚才说的,三个因数的和正好等于它自己。"

贾伯伯赞许地说:"笨笨答对了,6就是最小的完全数。除了6以外,28也是完全数。你们看,28除了它自己之外,还有1、

2、4、7和14五个因数，‘1+2+4+7+14’，
不也是28了吗？"

笨笨和聪聪互相看看，都觉得这个
"完全数"挺有意思。聪聪问：

"那还有多少这样的‘完

全数’呢？"

贾伯伯说："2000

多年前，人们就发

现了6和28这两个

完全数；后来，人

们又发现了496和

8128这两个数，

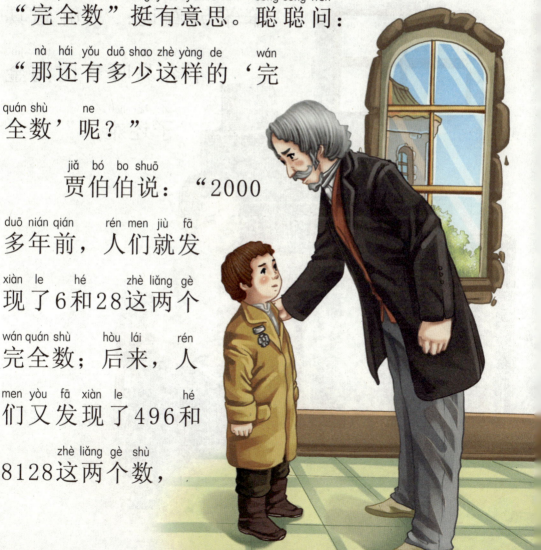

tā men yě shì wán quán shù　　kě shì yòu guò le　　　duō nián
它们也是完全数。可是又过了1000多年，

rén men cái fā xiàn le dì wǔ gè wán quán shù　　zhè ge shù jiù shì
人们才发现了第五个完全数，这个数就是

33550326。"

bèn bèn xiào zhe shuō　　　　jiě tí zhēn
笨笨笑着说："解题真

bù róng yì ya　　bǐ táo jīn
不容易呀！比淘金

zi hái nán
子还难。"

数与形的完美结合

笛卡尔是法国著名的哲学家、物理学家、数学家，他对现代数学的发展做出了重要的贡献，因为他将几何坐标体系公式化而被认为是"解析几何之父"。

有一天，疲惫不堪的笛卡尔躺在床上，望着天花板思考着数学问题。突然，他眼前一亮，

yuán lái　　 tiān huā bǎn shang yǒu　yì　zhī zhī zhu zhèng máng lù　de biān zhī
原来，天花板上有一只蜘蛛正忙碌地编织

zhe zhū wǎng　　 nà zòng héng jiāo cuò de zhí xiàn hé yuán xiàn yí xià zi
着蛛网。那纵横交错的直线和圆线一下子

qǐ fā le tā　　 kùn rǎo tā duō nián de　xíng　 hé　shù　 wèn
启发了他。困扰他多年的"形"和"数"问

tí　 zhōng yú zhǎo dào le dá àn
题，终于找到了答案。

dí kǎ ěr fā xiàn　　 rú guǒ zài píng miàn shang huà chū liǎng tiáo
笛卡尔发现，如果在平面上画出两条

jiāo chā de zhí xiàn　　 jiǎ dìng zhè liǎng tiáo zhí xiàn
交叉的直线，假定这两条直线

hù chéng zhí jiǎo　　 nà me jiù chū xiàn　 gè
互成直角，那么就出现4个90

dù de zhí jiǎo　　 zài zhè　 gè jiǎo de rèn hé
度的直角。在这4个角的任何

yí gè diǎn　　 wǒ men dōu kě yǐ jiàn lì qǐ
一个点，我们都可以建立起

diǎn de zuò biāo xì
点的坐标系。

dí kǎ ěr fā xiàn de zhè ge
笛卡尔发现的这个

gài niàn jiǎn dān dào jìn hu yí mù liǎo
概念简单到近乎一目了

然，简直就是个伟大

发现。它建立了平面上点

的与点的坐标"x、y"之

间的一一对应关系。进一

步又建立了平面上点与

曲线之间的一一对应关系。

从而把数学的两大形态就是形与数结合了起

来。不仅如此，笛卡尔还创造出了用代数

方法解几何问题的一门崭新学科那就是解析

jǐ hé
几何。

jiě xī jǐ hé de dàn shēng gǎi biàn le zì gǔ xī là yǐ
解析几何的诞生，改变了自古希腊以

lái yán xù le duō nián de dài shù yǔ jǐ hé fēn lí de qū
来延续了2000多年的代数与几何分离的趋

xiàng cóng ér tuī dòng le shù xué de jù dà fā zhǎn suī rán dí kǎ
向，从而推动了数学的巨大发展。虽然笛卡

ěr zài yǒu shēng zhī nián méi yǒu jiě kāi gǔ xī là sān dà jǐ hé wèn
尔在有生之年没有解开古希腊三大几何问

tí dàn tā kāi chuàng de jiě xī jǐ hé
题，但他开创的解析几何

què gěi hòu rén tí gōng le yì bǎ yào
却给后人提供了一把钥

shi chéng wéi dāng shí kē xué
匙，成为当时科学

fā zhǎn pò qiè xū yào de shù xué
发展迫切需要的数学

gōng jù
工具。

退位让贤的数学教授

牛顿经常回忆说："当时巴罗博士讲授关于运动学的课程，也许正是这些课程促使我去研究这方面的问题。"

这个巴罗博士就是牛顿的恩师，他是第一个发现牛顿天赋的人，也是把牛顿带到

kē xué diàn táng de rén
科学殿堂的人。

niú dùn suì shí jìn rù jiàn qiáo dà xué shēn zào xué xiào
牛顿19岁时进入剑桥大学深造，学校

gěi jiā jìng pín hán de tā jiǎn miǎn le yí bù fen xué fèi tā hái wèi
给家境贫寒的他减免了一部分学费。他还为

xué xiào zuò zá wù lái zhī fù shèng xià de xué fèi
学校做杂务，来支付剩下的学费。

zài zhè li niú dùn kāi shǐ jiē chù dào dà liàng
在这里，牛顿开始接触到大量

de kē xué zhù zuò hái jīng cháng cān jiā
的科学著作，还经常参加

xué yuàn jǔ bàn de gè lèi jiǎng zuò bāo
学院举办的各类讲座，包

kuò dì lǐ wù lǐ tiān wén hé
括地理、物理、天文和

shù xué
数学。

niú dùn de dì yī rèn
牛顿的第一任

jiào shòu yī sà kè bā luó
教授伊萨克·巴罗

shì gè bó xué duō cái de xué
是个博学多才的学

者。这位学者独具慧眼，他发现牛顿具有深邃的观察力和敏锐的洞察力。于是，他就将自己的数学知识全部传授给牛顿，还把牛顿引向了近代自然科学的研究领域。

当时，牛顿在数学上的研究在很大程度上是依靠自学。他学习了欧几里得的《几何原本》，在他看来那是太容易了；然后他又读笛卡尔的《几何学》、沃利斯的《无穷算术》、巴罗的《数学讲义》以及韦达的《分析方法入门》等许多数学家的著作。

1664年，牛顿被选为巴罗教授的助手。第二年，他就获得了剑桥大学学士学

位。后来，巴罗教授为了提携牛顿，自己竟辞去了教授之职。

26岁的牛顿，年纪轻轻就被晋升为数学教授。这为牛顿以后的研究和发展铺平了道路。

巴罗让贤在科学史上一直被传为佳话，他崇高的师德成为后人的楷模。

他是疯子还是大师

如果你不会背1、2、3……你该怎样数数呢？在我们的祖先认识数字以前，原始人采用把珠子和铜币逐个相比的方法来判断珠子和铜币哪一个多。

这个朴素的"一一对应"原理仍是我们今天数数的方法。所不同的是我们不必再把实物与实物进行比较，而是把实

物与自然数的整体就是1、2、……、n进行比较。

比如，当我们数5个珠子时，实际上是把它们分别与1、2、3、4、5一一对应而数出来的。这一思想，被数学家康托成功地用来比较无穷集合的大小：如果两个集合之间存在一一对应，则这两个集合的元素就一样多。

康托的有关无穷的概念，震撼了知识界。

由于研究无

穷时往往推出一些合乎逻辑的但又荒谬的结果就是"悖论"，许多大数学家唯恐陷进去而采取退避三舍的态度。不到30岁的康托便向神秘的无穷宣战。他靠着辛勤的汗水，成功地证明了一条直线上的点能够和一个平面上的点一一对应，也能和空间中的点一一对应。这样看起来，就是一厘米长的线段上的点与太平洋面上的点以及整个地球内部的点都"一样多"。

天才总是不被世人所理解的。康托的工作与传统的数学观念发生了尖锐冲突，遭到一些人的反对、攻击甚至谩骂。有人

shuō，康托的集合理论是一种疾病，康托的概念是"雾中之雾"，甚至说康托是疯子。

来自数学"权威"们的巨大精神压力终于摧垮了康托，使他心力交瘁，竟患上了精神分裂症被送进精神病医院。

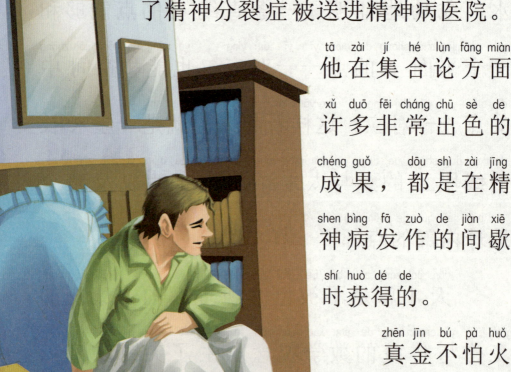

他在集合论方面许多非常出色的成果，都是在精神病发作的间歇时获得的。

真金不怕火

炼，康托的思想终于大放异彩。在1897年
举行的第一次国际数学家会议上，他的成就
终于得到承认，伟大的哲学家和数学家罗
素称赞康托的工作"可能是这个时代所能夸
耀的最伟大的工作"。

八岁高斯求等差数列和
bā suì gāo sī qiú děng chā shù liè hé

德国著名的科
dé guó zhù míng de kē

学家高斯的故乡在
xué jiā gāo sī de gù xiāng zài

德国的布劳恩什维
dé guó de bù láo ēn shén wéi

格，他家境贫寒，
gé tā jiā jìng pín hán

祖父是个老实厚道的农民，
zǔ fù shì gè lǎo shi hòu dao de nóng mín

父亲靠给人打短工来维持一家人的生活。后
fù qin kào gěi rén dǎ duǎngōng lái wéi chí yì jiā rén de shēng huó hòu

来，他靠念过几天书当上了杂货店的算账
lái tā kào niàn guò jǐ tiān shū dàngshàng le zá huò diàn de suàn zhàng

先生。
xiān sheng

从小高斯就表现出了极高的数学天
cóng xiǎo gāo sī jiù biǎo xiàn chū le jí gāo de shù xué tiān

赋。有个晚上，父亲结算店里伙计的工钱，

费了好大劲才算出来。一直在旁边看着父亲

算账的高斯却说："爸爸，你算错了。"

父亲有些不相信，又认真地算了一

遍，才知道真的错了。父亲觉得奇怪：谁也

没有教过他算术啊？

gāo sī xiǎo shí hou gēn zhe fù mǔ zhù zài nóng cūn   zài fù

高斯小时候跟着父母住在农村，在附

jìn de xiǎo xué lǐ niàn shū

近的小学里念书。

xué xiào de suàn shù lǎo shī shì cóng chéng li lái de   tā jué

学校的算术老师是从城里来的，他觉

de pǎo dào zhè me yí gè qióng xiāng pì rǎng lái jiāo zhè xiē nóng cūn hái

得跑到这么一个穷乡僻壤来教这些农村孩

zi   zhēn shì dà cái xiǎo yòng   gǎn dào wěi qu de bù dé liǎo   suǒ

子，真是大材小用，感到委屈得不得了。所

以，他经常训斥学生，动不动就用鞭子惩

罚他们。

有一天，这位老师的情绪非常不好，

他的脸拉得很长，一副不高兴的样子。

同学们都害怕了起来，不知道谁又会

受到打骂。

他站到讲台上，像军官下命令一样绷

着脸说："今天，你们给我算1加2加3，一

直加到100的和。谁算不出来，就不准回家

吃饭。"说完，老师就坐在椅子上，继续看

他的小说。

老师刚坐下不久，高斯拿着小石板来到

老师面前说："老师，答案是不是这样？"

老师头也不抬，连看也不看，就挥着手说："去，算错了！回去继续算。"

高斯站着不走，把小石板往前一伸说："老师，我想这个答案是对的。"

老师正想发脾气，可是，一看小石板上却端端正正地写着"5050"。

他大吃一惊，因为他算过答案的确是"5050"。这个8岁的小孩子，怎么这么快就算出了正确的答案？

原来，高斯不是按着1加2加3这样的方法依次往上加的。他发现一头一尾按次

xù bǎ liǎng gè shù xiāng jiā　　　tā men de hé dōu shì yí yàng de
序把两个数相加，它们的和都是一样的。1

jiā　　　shì　　　　jiā　　　shì　　　　zhí dào　　　jiā　　　yě
加100是101，2加99是101，直到50加51也

shì　　　　　　yí gòng yǒu　　gè　　　　　yòng　chéng　　　　　jiù shì
是101，一共有50个101，用50乘101，就是

le
5050了。

高斯一夜解千年难题

gāo sī yí yè jiě qiān nián nán tí

1796年的一天，德国哥
廷根大学一个很有数学天赋的
19岁青年刚吃完晚饭，就开始
做导师单独布置
给他的三道数
学题。几乎天
天如此。

前两题在
两个小时内就

shùn lì wán chéng le   dì sān
顺利完成了。第三

tí xiě zài lìng yì zhāng xiǎo zhǐ tiáo
题写在另一张小纸条

shàng   yāo qiú zhǐ yòng
上：要求只用

yuán guī hé yì bǎ méi
圆规和一把没

yǒu kè dù de zhí chǐ
有刻度的直尺，

huà chū yí gè zhèng shí qī
画出一个正十七

biān xíng   tā gǎn dào fēi
边形。他感到非

cháng chī lì   shí jiān yì fēn yì miǎo de guò qù le   dì sān dào tí
常吃力。时间一分一秒地过去了，第三道题

jìng háo wú jìn zhǎn
竟毫无进展。

rán ér   kùn nan fǎn ér jī qǐ le zhè wèi qīng nián de dòu
然而，困难反而激起了这位青年的斗

zhì   tā xià jué xīn yí dìng yào bǎ tā zuò chu lai   tā ná qǐ yuán
志，他下决心一定要把它做出来！他拿起圆

guī hé zhí chǐ   yì biān sī suǒ yì biān zài zhǐ shàng huà zhe   cháng shì
规和直尺，一边思索一边在纸上画着，尝试

着用一些超常规的思路去寻求答案。当东
方露出第一缕曙光时，这位青年长舒了一
口气，他终于完成了这道题目。

　　这位青年见到导师时，他有些内疚和
自责。他对导师说："您给我布置的第三道
数学题，我竟然做了整整一个通宵，我辜
负了您对我的栽培……"。

　　导师接过学生的作业一看，当时就
惊呆了。他用颤抖的声音对这位青年说：
"这是你自己做出来的吗？"

　　青年有些疑惑地看着导师，回答道：
"老师，是我做的。但是，我花了整整一

gè tōng xiāo
个通宵。"

dǎo shī qǔ chū yuán guī hé zhí chǐ　　ràng tā dāng zhe zì jǐ
导师取出圆规和直尺，让他当着自己

de miàn zài zuò yí gè zhèng shí qī biān xíng　　zhè wèi qīng nián hěn kuài yòu
的面再做一个正十七边形。这位青年很快又

zuò chū le yí gè zhèng shí qī biān xíng　　dǎo shī jī dòng
做出了一个正十七边形。导师激动

de duì tā shuō　　　　nǐ zhī
地对他说："你知

bù zhī dào　　nǐ jiě kāi le
不知道？你解开了

yì zhuāng yǒu　　　　duō nián lì shǐ
一桩有2000多年历史

de shù xué xuán àn　　ā jī mǐ dé
的数学悬案！阿基米德

méi yǒu jiě jué　　niú dùn yě
没有解决，牛顿也

méi yǒu jiě jué　　nǐ jìng rán
没有解决，你竟然

yí gè wǎn shang jiù jiě chū
一个晚上就解出

lai le　　nǐ zhēn shì yí
来了。你真是一

个数学天才！"

原来，这位导师也一直想解开这道难题，他那天因为失误，错将自己需要解的题目交给了他的学生高斯，可是他万万没有想到的是高斯竟然在一夜之间就解开了千古难题！

童年愚笨的希尔伯特

戴维·希尔伯特是德国著名数学家。由他领导的数学学派被认定是19世纪末20世纪初数学界的一面旗帜，他被称为"数学界的无冕之王"，是天才中的天才。但是他小时候的表现却很令人失望，他的语言能力很差，思维还有些迟钝，各项能力也不及同龄

的孩子。

希尔伯特8岁的时候才开始上小学，比其他的孩子晚了两年。上学后，他学习非常吃力，除了数学之外没有一科成绩突出。在语言、作文以及需要记忆的科目中，希尔伯特考试经常不及格。

在当时的教学条件下，数学并不被人重视，可是希尔伯特对数学的浓厚兴趣，却使老师很高兴。他的老师有时专门出一些数学难题让学生们比赛，而每次数学竞赛都能给希尔伯特带来愉快，同时也给希尔伯特带来了自信和荣誉。

dú xiǎo xué sì nián jí shí　bān
读小学四年级时，班

shàng zhuǎn lái le é jí yóu tài rén mǐn
上转来了俄籍犹太人闽

kě fū sī jī sān xiōng dì　　tā men dōu
可夫斯基三兄弟。他们都

hěn cōng ming　　lǎo shī jiǎng jiě de wèn tí
很聪明，老师讲解的问题

tā men tīng yí biàn jiù néng zhǔn què de
他们听一遍就能准确地

记住。同学们不明白的问题，三兄弟也都能解答。他们的到来使希尔伯特在数学上的才能大为逊色，渐渐地失去了原有的信心。

希尔伯特的父母及时发现了儿子的情绪变化，便和希尔伯特一起讨论学习中遇到的问题。他们想帮助希尔伯特重新恢复信心，劝导他说："虽然你在数学上暂时不如闽可夫斯基兄弟，可是，同其他同学相比，你还是有自己的优势的，而且他勤奋努力，进步还

shì hěn kuài de
是很快的。"

xī ěr bó tè zài fù mǔ de bāng zhù xià huī fù xìn xīn
希尔伯特在父母的帮助下恢复信心

hòu tā yòu zhǎo chū le zì jǐ de cháng chu hé duǎn chu zài xué
后，他又找出了自己的长处和短处，在学

xí guò chéng zhōng bú duàn yáng cháng bì duǎn zhōng yú qǔ dé le bù fán
习过程中不断扬长避短，终于取得了不凡

de chéng jiù hòu lái tā zài nián guó jì shù xué jiā dà
的成就。后来，他在1900年国际数学家大

huì shang tí chū de gè shù xué wen tí bèi chēng wéi
会上提出的23个数学问题，被称为

xī ěr bó tè shù xué wen tí tā duì zhěng
"希尔伯特数学问题"，他对整

gè shì jì de
个20世纪的

shù xué yán jiū dōu
数学研究都

chǎn shēng le zhòng
产生了重

dà yǐng xiǎng
大影响。

用圆周率破案的数学家

有一天，年轻的数学家伽罗华得到了一个令人伤心的消息，他的一位老朋友鲁柏被人刺死了，家里的钱财也被洗劫一空。而女看门人告诉伽罗华，警察在勘察现场的时候，看见鲁柏手里紧紧捏着半块没有吃完的苹果馅饼。

女看门人认为，凶手一定就在这幢

公寓里，因为案发前后，她一直在值班室，没有看见有人进出公寓。可是这座公寓共有四层楼，每层楼有15个房间，共居住着100多人，这么多人到底谁是凶手呢？

伽罗华
gā luó huá

把女看门人提
bǎ nǚ kān mén rén tí

供的情况前前后后
gōng de qíng kuàng qián qián hòu hòu

分析了一番，他想，
fēn xī le yì fān， tā xiǎng，

鲁柏手里捏着半块馅饼
lǔ bǎi shǒu li niē zhe bàn kuài xiàn bǐng

是不是想要表达什么
shì bú shì xiǎng yào biǎo dá shén me

意思呢？伽罗华忽然又
yì si ne？ gā luó huá hū rán yòu

想到："'馅饼'，英文里发
xiǎng dào xiàn bǐng yīng wén lǐ fā

'派'的音，而'派'正好和表示
pài de yīn ér pài zhèng hǎo hé biǎo shì

圆周率的读音相同。而鲁柏生前也酷爱
yuán zhōu lǜ de dú yīn xiāng tóng ér lǔ bǎi shēng qián yě kù ài

数学，伽罗华知道他经常把圆周率的近似
shù xué gā luó huá zhī dào tā jīng cháng bǎ yuán zhōu lǜ de jìn sì

值取成3.14来做计算。'派'会让人联想到
zhí qǔ chéng lái zuò jì suàn pài huì ràng rén lián xiǎng dào

314，鲁柏会不会是用这种方法来提示别人杀害他的凶手就住在314房间呢？”

为了证实自己的怀疑，伽罗华问女看门人："314号房间住的是谁？"

"是米塞尔。"女看门人答道。

"这个人怎么样？"伽罗华追问。

"不怎么样，爱喝酒，又爱赌钱。"

tā xiàn zài hái zài fáng jiān ma　　　gā luó huá zhuī wèn
“他现在还在房间吗？”伽罗华追问

de gèng jí qiē le
得更急切了。

bú zài le　　tā zuó tiān jiù bān zǒu le
“不在了，他昨天就搬走了。”

bān zǒu le　　gā luó huá yì jīng　　　bù hǎo
“搬走了？”伽罗华一惊，“不好，

tā pǎo le　　ng　　rú guǒ wǒ méi yǒu cāi cuò de huà　　tā yí dìng
他跑了！嗯，如果我没有猜错的话，他一定

就是杀害鲁柏的凶手！"

伽罗华向女看门人讲述了自己的推理
过程，他们立刻把这些情况报告了警察，要
求缉捕米塞尔。米塞尔很快被捉拿归案，经
过审讯，他果然是凶手。正
是这半块馅饼为案情提供
了线索，并被受害人
的朋友数学家伽罗华
注意到，让警察很
快抓到了凶手。

<ruby>妙<rt>miào</rt></ruby><ruby>答<rt>dá</rt></ruby><ruby>国<rt>guó</rt></ruby><ruby>王<rt>wáng</rt></ruby><ruby>问<rt>wèn</rt></ruby><ruby>题<rt>tí</rt></ruby><ruby>的<rt>de</rt></ruby><ruby>牧<rt>mù</rt></ruby><ruby>童<rt>tóng</rt></ruby>

妙答国王问题的牧童

<ruby>从<rt>cóng</rt></ruby><ruby>前<rt>qián</rt></ruby>，<ruby>印<rt>yìn</rt></ruby><ruby>度<rt>dù</rt></ruby><ruby>有<rt>yǒu</rt></ruby><ruby>个<rt>gè</rt></ruby><ruby>国<rt>guó</rt></ruby><ruby>王<rt>wáng</rt></ruby><ruby>总<rt>zǒng</rt></ruby><ruby>是<rt>shì</rt></ruby><ruby>提<rt>tí</rt></ruby><ruby>一<rt>yì</rt></ruby><ruby>些<rt>xiē</rt></ruby><ruby>奇<rt>qí</rt></ruby><ruby>怪<rt>guài</rt></ruby><ruby>的<rt>de</rt></ruby><ruby>问<rt>wèn</rt></ruby><ruby>题<rt>tí</rt></ruby>，<ruby>而<rt>ér</rt></ruby><ruby>有<rt>yǒu</rt></ruby><ruby>些<rt>xiē</rt></ruby><ruby>问<rt>wèn</rt></ruby><ruby>题<rt>tí</rt></ruby><ruby>连<rt>lián</rt></ruby><ruby>最<rt>zuì</rt></ruby><ruby>聪<rt>cōng</rt></ruby><ruby>明<rt>ming</rt></ruby><ruby>的<rt>de</rt></ruby><ruby>大<rt>dà</rt></ruby><ruby>臣<rt>chén</rt></ruby><ruby>也<rt>yě</rt></ruby><ruby>回<rt>huí</rt></ruby><ruby>答<rt>dá</rt></ruby><ruby>不<rt>bù</rt></ruby><ruby>了<rt>liǎo</rt></ruby>，<ruby>因<rt>yīn</rt></ruby><ruby>此<rt>cǐ</rt></ruby>，<ruby>国<rt>guó</rt></ruby><ruby>王<rt>wáng</rt></ruby><ruby>很<rt>hěn</rt></ruby><ruby>扫<rt>sào</rt></ruby><ruby>兴<rt>xìng</rt></ruby>。

<ruby>有<rt>yǒu</rt></ruby><ruby>一<rt>yì</rt></ruby><ruby>天<rt>tiān</rt></ruby>，<ruby>国<rt>guó</rt></ruby><ruby>王<rt>wáng</rt></ruby><ruby>和<rt>hé</rt></ruby><ruby>大<rt>dà</rt></ruby><ruby>臣<rt>chén</rt></ruby><ruby>们<rt>men</rt></ruby><ruby>到<rt>dào</rt></ruby><ruby>草<rt>cǎo</rt></ruby><ruby>原<rt>yuán</rt></ruby><ruby>上<rt>shàng</rt></ruby><ruby>游<rt>yóu</rt></ruby><ruby>乐<rt>lè</rt></ruby>，<ruby>看<rt>kàn</rt></ruby><ruby>见<rt>jiàn</rt></ruby><ruby>一<rt>yí</rt></ruby><ruby>个<rt>gè</rt></ruby><ruby>牧<rt>mù</rt></ruby><ruby>童<rt>tóng</rt></ruby><ruby>在<rt>zài</rt></ruby><ruby>放<rt>fàng</rt></ruby><ruby>羊<rt>yáng</rt></ruby>。

guó wáng jiù bǎ mù tóng jiào dào shēn biān   wèn tā   wǒ
国王就把牧童叫到身边，问他："我

yǒu sān gè wèn tí   nǐ néng huí dá ma
有三个问题，你能回答吗？"

mù tóng shuō   nǐ wèn jiù shì le   wǒ shén me wèn tí
牧童说："你问就是了，我什么问题

dōu néng huí dá
都能回答。"

guó wáng jiù wèn le   zhù yì   dì yī gè wèn tí shì
国王就问了："注意，第一个问题是

hǎi li yǒu duō shǎo dī shuǐ
海里有多少滴水？"

mù tóng xiǎng le xiǎng   huí dá   bì
牧童想了想，回答："陛

下，这可真是个难题。不过，您得把所有的

河流都堵起来，免得海洋再变大。到那时

候，我再替您数吧！"

"很妙！"国王开心地又说，"第二

个问题，天上有多少颗星星？"

牧童拿出三袋罂粟粒，撒在草地上

说："天上的星星和这地上的罂粟粒一样

多，您自己数吧！"

国王满意地点了点头，最后问："好

极了，不过现在你一定得告诉我永恒包含

多少个瞬间？"

牧童想都不想就回答说："陛下，地

qiú de jìn tóu yǒu yí zuò zuàn shí shān　　gāo yào zǒu yì xiǎo shí　　shēn
球的尽头有一座钻石山，高要走一小时，深

yào zǒu yì xiǎo shí　　kuān yào zǒu yì xiǎo shí　　měi gé 　　nián
要走一小时，宽要走一小时。每隔100年，

jiù yǒu yì zhī niǎo fēi dào zuàn shí shān shang mó zuǐ ba 　　dào zhěng zuò
就有一只鸟飞到钻石山上磨嘴巴。到整座

zuàn shí shān mó píng shí 　　yǒng héng suǒ bāo hán de dì yī gè shùn jiān jiù
钻石山磨平时，永恒所包含的第一个瞬间就

guò qù le
过去了。”

mù tóng jì xù shuō　　　　bì xià　　　wǒ men wèi shén me bù
牧童继续说：“陛下，我们为什么不

yí dào děng xia qu　　hǎo shǔ yi shǔ yǒng héng zhōng suǒ bāo hán de shùn
一道等下去，好数一数永恒中所包含的瞬

jiān ne
间呢？”

guó wáng tīng le hā hā dà xiào　　gāo
国王听了哈哈大笑，高

xìng de shuō　　　　wǒ de dà chén dōu méi
兴地说："我的大臣都没

yǒu nǐ cōng ming
有你聪明。"

yú shì　　　guó wáng gěi le mù tóng hěn
于是，国王给了牧童很

duō shǎng cì　　bìng bǎ tā zhāo jìn gōng
多赏赐，并把他招进宫

péi tài zǐ dú shū
陪太子读书。

童年自学几何的欧拉

大数学家欧拉小时候是一个非常聪明好问的孩子。有一次，在巴塞尔神学校的课堂上，小欧拉谦恭地向神职老师发问：

"既然上帝无所不能，他能告诉我天上有多少颗星星吗？"

老师回答道："这是无关紧要的，我们作为上帝的孩子，记住这一点就足够了，天上的星星都是上帝亲手一颗颗地镶嵌在天幕上的。"

小欧拉百思不得其解："既然星星是由上帝一手安置的，他总该告诉我们一个具体数目吧？"

神学老师再也回答不了小欧拉的问题，他无可奈何地摇摇头叹道："可怜的孩子，迷途的羔羊。"

就这样小欧拉竟被神学校开除了。老

欧拉十分伤心地接回了儿子小欧拉，心想

总得积攒点学费送他上别的学校啊！老欧拉

决定扩展羊圈，多养些羊，他招呼儿子，帮

忙拆改旧羊圈。可是没有多余的篱笆，这该

怎么办呢？老欧拉没有了主意。

这时，站在一旁的小欧拉不慌不忙

de shuō　　　　bà ba　　　lí bā yǒu le　　　nǐ kàn　　jiù yáng juàn cháng

地说："爸爸，篱笆有了。你看，旧羊圈长

mǎ　　kuān　mǎ　　miàn jī wéi　　　píng fāng mǎ　　gǎi chéng

70码，宽30码，面积为2100平方码，改成50

mǎ jiàn fāng de xīn yáng juàn　　　bú yòng tiān lí bā　　yáng juàn jiù kuò dà

码见方的新羊圈，不用添篱笆，羊圈就扩大

le　　　píng fāng mǎ

了400平方码。"

tài miào le　　　nǐ shì zěn me xiǎng dào de

"太妙了，你是怎么想到的？"

wǒ shì cóng nín shū

"我是从您书

chú de　　　jǐ hé

橱的《几何

学》上看来的。如果把羊圈围成圆形，面积将最大，有3100多平方码呢！"

老欧拉明白了，原来儿子在自学数学，放羊时还见他在草地上画来画去。小欧拉自学数学的热情打动了老欧拉，他决心让儿子进入古老而神秘的数学王国。

小欧拉扩大羊圈不添篱笆的事实说明：在周长一定的情况下，正方形的面积比长方形面积大，而圆又比正方形的面积大。这可是他自学得来的呢！

由于小欧拉勤奋努力，他长大后终于成为了卓有成效的数学家。

双目失明的数学家

数学家欧拉的惊人成就并不是偶然的。他可以在任何不良的环境中工作，他甚至经常抱着孩子在膝盖上完成论文，他的

注意力非常集中，周边的喧哗声从来没有影响到他。

欧拉在28岁的时候，不幸一支眼睛失明了，但他仍然坚持数学研究。又过了30年，他的另一只眼睛也失明了。就是这样，他仍然以惊人的毅力和坚韧不拔的精神继续工作着。

欧拉在双目失明至逝世的17年间，还口述了几本书和400篇左右的论文。由于欧拉的著作很多，出版欧拉全集是一件十分困难的事情。1909年瑞士自然科学会就开始整理出版他的全集，直到现在还没有出版完，

当时的计划是出版72卷。在欧拉的886种著作中，他生前发表的就有530种，其中包括书和论文。

他的著作文笔流畅、通俗易懂，大家都愿意读他的书。

yóu qí zhí de yì tí de shì tā biān xiě de píng miàn sān jiǎo kè běn
尤其值得一提的是他编写的平面三角课本，

cǎi yòng de jì hao zhí dào xiàn jīn hái zài shǐ yòng
采用的记号直到现今还在使用。

ōu lā zài   nián qiū tiān kǎo rù bā sāi ěr dà
欧拉在1720年秋天考入巴塞尔大

xué   yóu yú tā yì cháng de qín fèn hé cōng huì
学，由于他异常的勤奋和聪慧，

shòu dào le dǎo shī yuē hàn   bó nǔ lì de
受到了导师约翰·伯努利的

shǎng shí   ōu lā tóng yuē hàn de liǎng gè
赏识。欧拉同约翰的两个

ér zi ní gǔ lā   bó nǔ lì
儿子尼古拉·伯努力

hé dān ní ěr   bó nǔ lì yě
和丹尼尔·伯努利也

jié chéng le qīn mì de péng you
结成了亲密的朋友。

ōu lā zài
欧拉在

shí suì xiě le
19时岁写了

yì piān guān yú chuán
一篇关于 船

栀的论文，获得巴黎科学院的奖金，从此开始了他的创作生涯。他以后陆续得奖多次。1725年丹尼尔兄弟赶往俄国，向沙皇喀德林一世推荐欧拉。

欧拉于1727年5月17日到了彼得堡，并于1733年接替了丹尼尔彼得堡科学院数学教授的职务，时年仅26岁。

1735年，欧拉就解决了一个天文学的难题：他计算出了彗星的轨道。这个问题后来几个数学家花了几个月的时间才得出同样的结果。欧拉却以他自己发明的方法，三日而成。

命运多舛的数学之星

伽罗华是法国数学家。他是现代数学中的分支学科群论的创立者。在中学他喜欢上了令同学们生厌的数学，之后便一发不可收拾。期间，他居然只用了一周时间，就读完了勒让德的经典著作《几何原理》。

有一天，主持课外数学讲座的理查老师，为了杀一杀个别学生的傲气，故意给学生留了一道数学难题让他们课后去做。伽罗华整整做了一个通宵，终于在第二天凌晨

bǎ zhè dào tí zuò wán liǎo　　lǎo shī kàn wán tā de dá àn　　zuì hòu
把这道题做完了。老师看完他的答案，最后

jìng dà hū　　qí cái　　qí cái
竟大呼"奇才、奇才！"

suì shí　　　gā luó huá kǎo rù bā lí shī fàn dà xué
16岁时，伽罗华考入巴黎师范大学。

cái rù xué bàn nián　　tā jiù xiàng fǎ guó
才入学半年，他就向法国

kē xué yuàn tí jiāo le yǒu guān qún lùn de
科学院提交了有关群论的

dì yī piān lùn wén　　bù jiǔ　　tā yòu
第一篇论文。不久，他又

yǐ chāo rén de cái néng wán chéng le jǐ
以超人的才能完成了几

piān shù xué yán jiū wén zhāng
篇数学研究文章，

yǐ yìng zhēng bā lí kē xué yuàn
以应征巴黎科学院

de shù xué tè bié jiǎng
的数学特别奖。

shuí zhī mìng yùn duì tā jí
谁知命运对他极

bù gōng zhèng　　shǐ tā
不公正，使他

lián zāo è yùn
连遭厄运。

nián yuè rì kē xué
1831年1月17日，科学

yuàn dì sān cì shěn chá gā luó huá de lùn
院第三次审查伽罗华的论

wén zhǔ chí rén shì dà shù xué jiā bó
文。主持人是大数学家泊

sōng bó sōng chū yú ào màn yǔ piān jiàn
松。泊松出于傲慢与偏见，

rèn wéi gā luó huá zhǐ shì yí gè
认为伽罗华只是一个

gāo xiào de pǔ tōng
高校的普通

大学生，难有什么创见，因此没有认真地听伽罗华的论文，便草率地下了一个结论："完全不能理喻。"

尽管命运如此不公，但伽罗华仍继续他的数学研究。他涉足了方程论、群论和可积函数等众多领域，创立了"伽罗华理论"，为群论打下了坚实的基础。

除此之外，伽罗华还在数学中创立了许多概念，他的研究成果在各种各样的数学研究中得到了广泛应用。

八岁掌握微积分的神童

1913年夏天，匈牙利大银行家马克思先生在报纸上登了一条启事，说要为11岁的长子冯·诺伊曼聘一位家庭教师，只要应聘的人能让冯·诺伊曼满意，他愿意出高出一般家庭教师10倍的聘金。

这么高的价钱请一位家庭教师，这可是一件新鲜事。十几天过去了，上门来应聘的人很多，但都是刚和小冯·诺伊曼交谈一会儿就匆匆离开了，他们都说小冯·诺伊曼

是个神童自己教不了他。这样一来，冯·诺

伊曼的名字就传遍了全城。

诺伊曼确实是个神童，尤其是在数学

方面，诺伊曼心算能力达到了惊人的程

度。在他3岁那年，父亲把账簿翻过几页，

让儿子看了几眼，儿子竟然能一字不差地背

chū zhàng bù shàng de shù zì　　dào le　suì shí　tā néng xīn suàn zuò bā
出账簿上的数字。到了6岁时他能心算做八

wèi shù chéng chú fǎ　　suì shí zhǎng wò wēi jī fēn　　suì jiù dú
位数乘除法，8岁时掌握微积分，12岁就读

dǒng lǐng huì le bō lái ěr de dà zuò　hán shù lùn　yào yì
懂领会了波莱尔的大作《函数论》要义。

nuò yī màn bú dàn shù xué jì suàn néng lì jīng rén　ér qiě
诺伊曼不但数学计算能力惊人，而且

tā de jì yì lì yě bù kě sī yì de hǎo　tā zhǐ xū yào kàn guò
他的记忆力也不可思议地好。他只需要看过

yí cì diàn huà hào mǎ bù　jiù néng jì zhù suǒ yǒu de xìng míng　dì
一次电话号码簿，就能记住所有的姓名、地

址和电话号码。家中各种各样的藏书他都能背诵下来，就像一台照相机一样。

长大以后，冯·诺伊曼成为20世纪最重要的数学家之一，他在纯粹数学和应用数学方面都有杰出的贡献。在1940年以前，他主要是做纯粹数学的研究，在数理逻辑方面提出简单而明确的序数理论。在1940年以后，冯·诺伊曼转向应用数学。

如果说冯·诺伊曼的纯粹数学成就属于数学界，那么他在力学、经济学、数值分析和计算机方面的工作则属于全人类。

图书在版编目（CIP）数据

数学小故事 / 王红君著. -- 长春：吉林美术出版
社，2015.8（2021.7重印）
（培养学习兴趣的小故事）
ISBN 978-7-5575-0063-4

Ⅰ. ①数… Ⅱ. ①王… Ⅲ. ①儿童故事－作品集－世
界 Ⅳ. ①I18

中国版本图书馆CIP数据核字(2015)第193854号

培养学习兴趣的小故事　数学小故事

出 版 人	赵国强
责任编辑	魏　冰
开　　本	710mm×1000mm 1/16
印　　张	8
字　　数	46千字
版　　次	2015年8月第1版
印　　次	2021年7月第3次印刷
印　　刷	三河市华晨印务有限公司
出　　版	吉林美术出版社有限责任公司
发　　行	吉林美术出版社有限责任公司
地　　址	长春市人民大街4646号
电　　话	总编办：0431-81629572

定　　价　29.80元